Cesare Ruggieri

Selbstkreuzigung

Der Fall Matteo Lovat

belleville

Der Verlag dankt der Bayerischen Staatsbibliothek, München, die das Original des Buches für diesen Faksimiledruck freundlicherweise zur Verfügung stellte.

Gesamtherstellung: Frühmorgen & Holzmann, München.
ISBN 3-923646-03-8.

Geschichte
der durch
Mathieu Lovat
zu
Venedig im J. 1805
an sich selbst
vollzogenen Kreuzigung
bekannt gemacht
von

D. Cesar Ruggieri
Professor der chirurgischen Klinik zu Venedig.

Aus dem Französischen übersetzt und mit Anmerkungen
versehen
von

Julius Heinrich Gottlieb Schlegel
der Arzneiwissenschaft und Wundarzneikunst Doctor, Herzogl. Sachs. Weimar. Amts- und Stadt-Physikus zu Ilmenau, praktischem Arzte daselbst und ordentlichem Mitgliede der mineralogischen Gesellschaft zu Jena.

Rudolstadt,
in der Klügerschen Buchhandlung.
1807.

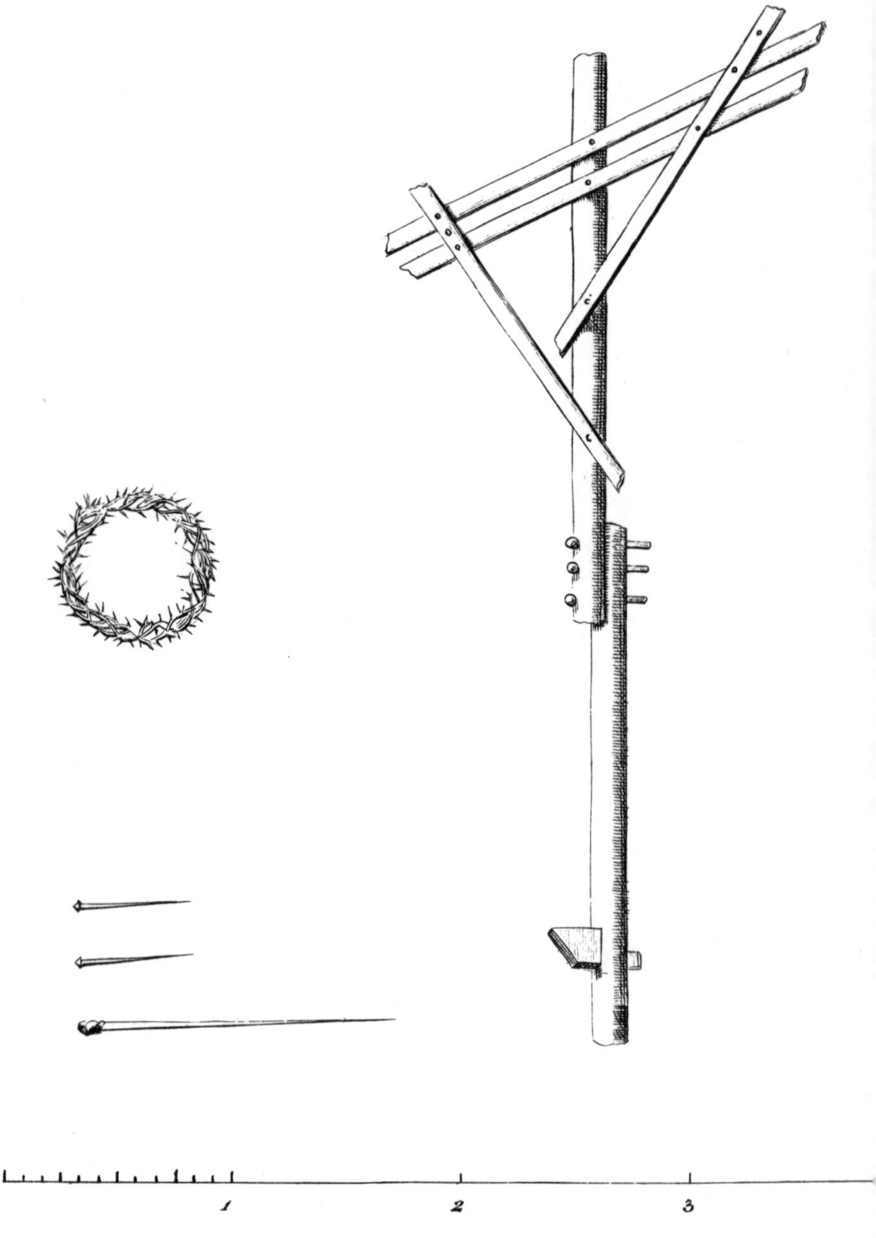
1
2
3

Dem

Herrn

D. J. C. F. Scherf

Hochf. Lippeschem Hofrathe, Leibarzte, Medicinalrathe, Physikus ꝛc. ꝛc.

zu Detmold

und

Dem

Herrn

David van Gesscher

Lektor der theoretischen Chirurgie

rc. rc.

zu Amsterdam

mit der innigsten Hochachtung

gewidmet

Vorerinnerung
des Uebersetzers.

Gegenwärtige Geschichte erhielt ich am 17ten May 1807 aus Venedig, begleitet von einem den 2ten May 1807 datirten Briefe, der unter andern die Bemerkung enthielt, daß sie erst vor einigen Tagen, in 4. gedruckt, ausgegeben worden sey; er (der Einsender) habe nicht nöthig mir die Aechtheit dieser unerhörten Geschichte der Kreuzigung — für deren schnelle, gütige Mittheilung ich demselben öffentlich hierdurch meinen verbindlichsten Dank abstatte — zu bezeugen: allen Einwohnern Venedigs, so wie ihm selbst, sey das Faktum noch in frischem Andenken.

Das Original führt den Titel: Histoire du cruçifiement éxécuté sur sa propre personne par Mathieu Lovat communiqué au public dans

dans une lettre de Cesar Ruggieri Docteur en Medicine et Professeur de Chirurgie Clynique à Venise. A un Medecin son Ami. XXIV Seiten in 8. mit 2 von T. Mattani gezeichneten und von G. Rosaspina gestochenen Kupfern.

Ilmenau, den 30sten May
1807.

J. H. G. Schlegel.

Ge-

Geschichte der Kreuzigung Mathieu Lovats.

Ein Brief des Prof. D. Ruggieri an einen Arzt seinen Freund.

Ich halte Wort, mein werther Freund, indem ich Ihnen hier die Kreuzigung beschreibe, welche Mathieu Lovat, Marc's Sohn, 47 J. alt, mit dem Beinahmen Casale — von seinem Geburtsorte, einem zum Kirchspiele Soldo gehörenden Dörfchen, im Bezirke von Bellune — am Morgen des 19 Julius 1805. an sich selbst vollzogen hat.

Bevor ich mich in eine nähere Schilderung dieser seltsamen, wahnsinnigen Handlung einlasse, ist es nöthig vorläufig Ihnen einige — Licht über den körperlichen und moralischen Zustand des hier in Frage stehenden Menschen verbreitende — Umstände darzulegen.

Von

Von armen mit den gröbsten Arbeiten des Ackerbaues beschäftigten Eltern erzeugt, in einer, so zu sagen, fast von aller menschlichen Gesellschaft abgeschnittenen Lage, kann man sich vorstellen, was für eine Erziehung er gehabt haben mag; in seiner Einbildung ward es ihm auffallend zu sehen, daß der Pfarrer und sein Vicar die einzigen waren, welche keineswegs das Feld bearbeiteten, und daß sie in ihren Personen alles vereinten, was die kleine Welt, in der er lebte, ihm an Macht und Ansehn vorspiegelte. Dieß zusammen erwekte, aus Nachahmung, in ihm den Gedanken, Priester werden zu wollen. In dieser Absicht unterwarf er sich dem Unterrichte des Vicars, von welchem er lesen und ein wenig schreiben lernte. Allein die Noth seiner Familie, die sie ausser Stand sezte ihm ein Erbtheil auszusetzen, zwang ihn ganz und gar aufs Studieren Verzicht zu thun, und er entschloß sich das Schumacherhandwerk zu erlernen.

Die Verleugnung seines eignen Willens in der Wahl eines Standes, der die Geschicke des Lebens bestimmt, hat stets auch den stärksten Geist empört und mehrere Male die traurigsten Folgen hervorgebracht. Denken Sie sich, wie dieses Hinderniß in seinen ersten Ideen an das Hirn des armen Mathieu Lovat gewaltsam anschlagen mußte! Dieß war der erste Grund, der Anfang des Uebels (Hinc prima mali labes): Schumacher geworden mit Gewalt, konnte er nie dazu gelangen

weder

weder delicat, noch sehr arbeitsam zu seyn, was immer denen widerfährt, die gegen ihre Neigung handeln. Die sitzende Lebensart *), das Stillschweigen, zu welchem

*) Jedes Handwerk äussert zwar einen entschiedenen Einfluß auf den Organismus und die Gemüthsstimmung dessen, der sich ihm gewidmet hat, so daß man ein Zunft-Temperament, wie eine den Subjekten jeder Zunft im Durchschnitte zukommende körperliche Constitution annehmen könnte; unverkennbarer dürfte dieß aber wohl nicht leicht seyn, als unter andern beim Schumacherhandwerk. Der Schuster verfällt z. B. meistens in eine Krümmung des Rückgrates, die vorzüglich in dem hohen Alter, wo sich ohnehin das Rückgrat unter der Last der Jahre beugt, sehr merklich ist. (Vergl. Adelmanns vortrefliches Buch über die Künstler und Handwerker). — Den Nachtheil einer sitzenden Lebensart, Hypochondrie ꝛc. hat der Schumacher mit dem Gelehrten ganz gemein, ja er ist ihnen noch weit mehr unterworfen, weil sein Körper noch dazu immer in einer gezwungenen Lage sich befindet, die durch das Handwerk selbst nothwendig gemacht wird. Durch vieles Sitzen, sagt Zimmermann, wird auch der Bauer hypochondrisch, was vielleicht eben so unbekannt ist, als daß in der Schweiz ein großer, reicher Ort existirt, in welchem kein Haus befindlich ist, das nicht einen Selbstmörder aufzuweisen hätte.

Das lange Sitzen an und für sich schwächt schon die Verdauungskräfte, in Verbindung aber mit schwerer, roher Nahrung und erschlaffenden Getränken müssen die Nachtheile nicht zu berechnen seyn. Der Schuster setzt sich unmittelbar nach Tisch wieder an die Arbeit in einer gebükten Lage des Körpers. Die vorwärts gebeugte Brust und die straffen einwärts gezogenen Bauchmuskeln hindern die Verdauung. Qualität und Quantität des Nahrungssaftes leiden, Anlage zu direkter Asthenie entspringt hieraus und geht bei Einwirkung anderer Schädlichkeiten in ausgebildete chem die Lehrlinge in den Werkstätten ihrer Meister ver-urtheilt sind, gewöhnten ihn zum Nachdenken, machten ihn düster und verschlossen. Mit den Jahren ward er im Frühlinge betäubender Schwere im Kopfe und flech-tenartigen Ausschlägen im Gesicht und an den Händen unter-

dete Krankheit über. Bei jener Richtung des Körpers wer-den die Eingeweide des Unterleibes gegen das Zwerchfell gepreßt, dadurch die Brusthöle verenget, das Athmen be-schwerlich, weil die Lungen sich nicht gehörig ausdehnen können. Daß Erweiterungen des Herzens und der großen Gefäße desselben, Hämorrhoiden, Blutspeyen, Brustwasser-sucht, Knoten und Lungensucht, Entzündung durch den beständigen Druck des Leistens gegen die Brust, eine Rich-tung des Brustbeins nach einwärts ꝛc. entstehen müssen, lehren die Beobachtungen eines Morgogni, Ramazzini, Lancisi u. s. w.

Obgleich auch noch andere Schädlichkeiten mit verschie-denen Folgen auf den Schuster einwirken, z. B. die wenig-stens zur Winterszeit bei geschlossenen Thüren und Fenstern von ihrem eigenen Dunstkreise ꝛc. offenbar verdorbene Luft; so möchte die Gewohnheit: sitzend und in gebogner Lage zu arbeiten, als die wichtigste Quelle der oben erwähnten und anderer Krankheitsformen angesehen werden können, und eben deshalb das Beispiel des englischen Schu-machers Holden zu Fettleworth bei Pethworth in Sussex, mehr, als seither geschehen zu seyn scheint, Beherzigung verdienen, der 20 Jahre hindurch kränkelte, vergebens die zweckmäßigsten Arzneien brauchte, bis er eine Maschine erfand, auf welcher er seine Schumacherar-beit im Stehen verrichtete und seitdem ein ge-sunder Mann geworden ist. S. Neue Erfindung für Schu-macher ꝛc. von Holden. Mit 1 Kupfer. 2te Auflage.

S.

unterworfen. Wird mir es erlaubt seyn den Verdacht zu äussern, diese Uebel für das Produkt einer pellagrischen Constitution zu halten? *) Sie wissen, mein werther und gelehrter Freund, daß dieß die Symptome dieser grausamen Krankheit sind, deren Daseyn sich in mehrere unserer Landschaften, durch die Verheerungen, welche sie anrichtet, mehr als zu sehr bestätiget hat, nach und nach, ohne daß man es gewahr wird (sensim sine sensu), und ich beobachtete in der That an dem in Frage befindlichen Menschen, als ich ihn behandelte, daß seine Füße von flechtenartigen Schuppen entstellt waren, die sich durchs Reiben in weissen und mehlichten Stückchen absonderten.

Bis zum Monat Julius des Jahres 1802. that Mathieu Lovat nichts ungewöhnliches. Eine ordentliche Lebensart, einfache und seinem Stande angemessene Sitten, nichts zeichnete ihn aus, als eine übertriebene Frömmigkeit. Er sprach von nichts, als von Fast- und Fest-Tagen, von Predigten, von Heiligen. Aber

*) Die neuesten Ansichten vom Pellagra, nebst beigefügter Literatur über diese in Ober-Italien endemische Krankheit, habe ich, aus Briefen einiger Aerzte in Italien aus dem Italienischen übersetzt, dem Publikum in meinen Materialien für die Staatsarzneiwissenschaft und praktische Heilkunde. N. I. Sammlung VII. Jena 1807 bei Göpferdt mitgetheilt.

S.

Aber in diesem Zeitraume, wo er eines Tages sich in seine Stube eingeschlossen hatte, nahm er an sich mittelst eines scharfen Schumacherinstruments (un mauvai outil de cordonnier) eine allgemeine gänzliche Amputation (der Zeugungstheile *) vor und warf alle Theile, deren er sich eben beraubt hatte, zum Fenster hinaus auf die Straße. Man hat nie genau den Beweggrund erfahren können, der ihn zu dieser grausamen Handlung verleitete. Einige behaupteten, es sey aus Verdruß über eine nicht erwiedert gefundene Neigung, die er zu einem jungen Mädchen hatte, geschehen; ist es aber in Betreff des bekannten Charakters dieses Menschen nicht ungleich vernünftiger zu glauben, daß sein furchtsames Gewissen, indem es sich vor dem Kampfe der Fleischeslüste gegen den Geist fürchtete, ihn zu dem Entschluß gebracht habe, sich auf einmal und auf immer von einem höchst furchtbaren Feinde zu befreien?

Indeß er an seinem eigenen Körper eine grausame Operation vorzunehmen gedachte, hatte er auch dafür gesorgt, sich wieder zu heilen; gequetschte und klein gehackte

*) Auch zu Stamfordham in Nordhumberland schnitt sich ein 75 jähriger Mann in einem Anfalle von Melancholie die Zeugungstheile weg, ohne große Zufälle dadurch zu erregen. Nach 7 Wochen war er vollkommen geheilt. Vergl. Dr. Will. Schott in Medical Communications. Vol. II. 7. London 1790. 8. S.

hackte Kräuter, die die Bauern seines Dorfs zum Blutstillen geeignet glaubten, bereit gehalten, so wie Stücke alter Leinweand, um Gebrauch davon zu machen; und diese schwachen Mittel wirkten mit so großem Erfolge, daß in kurzem die vollkommenste Heilung dadurch erreicht wurde, ohne daß er davon die geringste Unbequemlichkeit behalten hätte, ohne eine Harnunenthaltsamkeit davon zu tragen, oder die mindeste Beschwerde beim Urinlassen.

Es war nicht wohl möglich, daß eine That der Art verborgen bliebe. Das ganze Dorf sprach von nichts, als von Mathieu, und man erstaunte über seine schnelle, ohne alle kunstmäßige Hülfe eines Mannes vom Fach erfolgte, Heilung.

Er selbst hatte aber die Art von Ruhm nicht vorausgesehen, den ihm die Entdeckung seiner Operation verschaffen mußte, und ausser Stand, die bittern Scherze, womit ihn alle Bewohner des Dorfs, und vor allem die Jugend, überhäufte, zu ertragen, hielt er sich in seinem Hause verschlossen, aus dem er nie gieng, selbst zur Messe nicht. Endlich entschloß er sich am 13ten November desselben Jahres nach Venedig zu seinem jüngern Bruder, Namens Angelo, zu kommen, welcher in der Goldbrennerei des Hauses Palatini in Biri, in der Straße dei Cordoni arbeitete. Dieser, der kein Quartier für ihn hatte, führte seinen Bruder zu der sogenannten Osgualda, der, auch

in

in Birl der Straße della Vida Num. 5775. wohnenden, Wittwe eines gewissen Andrea, bei dem die Herberge war. Bei dieser Frau wohnte Mathieu Lovat bis zum 21sten September des folgenden Jahres, indeß er bei einem Schumacher, (einem Nachbar des Ospitaletto) und zwar ohne ein Zeichen von Verrücktheit an den Tag zu legen, fleissig arbeitete. Als er aber diesen Tag versuchte sich mitten auf der Straße della croce di Biri zu kreuzigen, an einem Kreuze, das er aus seinem Bettstollen gearbeitet hatte, (wovon er aber durch Leute, die ihn in dem Augenblicke überraschten, als er sich einen Nagel durch den linken Fuß schlagen wollte, verhindert wurde), schikte ihn die Frau Osgualda von sich fort, indem sie den Ausbruch irgend'einer andern Thorheit befürchtete.

Auf wiederholte Fragen über den Beweggrund, warum er sich habe kreuzigen wollen, antwortete er niemanden; nur seinem Bruder sagte er im Vertrauen, dieser Tag sey das Fest des heiligen Mathäi, seines Patrons, und weiter könne er nichts davon sagen. Einige Tage nach dieser Handlung reiste er in seine Heimath, wo er einige Zeitlang blieb, in der Folge aber nach Venedig wieder zurückkam, und zu dem Schumacher Martin Murzani, ohnweit der Ssti Apostoli zog. Im Monat May 1805 vertauschte er seine Werkstätte mit einer andern des Lorenzo della Mora in der Straße della Senza Saint Marcilian;

und um der Gegend, in welcher er arbeitete, wieder näher zu kommen, miethete er sich in den ersten Tagen des folgenden Julius eine Stube im 3ten Stock eines einem gewissen Valentin Luccheta gehörenden bei Saint Alvise in der Straße della Monache Num. 2888. gelegenen Hauses, und bis zu diesem Zeitraume blieb er vollkommen ruhig.

Allein kaum war er in dieß neue Logis eingezogen, als auch schon seine alten Ideen, sich zu kreuzigen, wieder die Oberhand bekamen; er anfieng alle Tage allmählich an seinem Marterinstrument zu arbeiten (man sehe die Platte) und sich die ihm nöthigen Materialien, als Nägel, die Dornenkrone, Stricke, Bänder verschaffte. Als er voraussah, daß es ihm nicht wohl möglich seyn würde sich selbst hinlänglich ans Kreuz zu befestigen, fiel ihm ein, ein weites Netz von Stricken zu verfertigen, das im Stande wäre ihn aufrecht zu erhalten, falls die übrigen Banden ihn fallen liessen*).

Er

*) Auch hieraus leuchtet jene Wahrheit hervor (welche ich einst schon in einem Gutachten über einen intendirten Selbstmord in meinen o. angef. Materialien Samml. I. S. 39. äusserte und auch in dem, Samml. 2. geschilderten, Selbstmorde eines Schumachers sich wieder findet): daß Menschen, von heroischen Leidenschaften gefesselt, alle Besinnungskraft auf einen Punkt concentriren, daß sich ihre Freiheit nicht bei der Fassung des Hauptentschlusses, sondern nur bei der Wahl der Mittel dazu zeigen könne.

S.

Er band es einer Seits, indem er es zusammenfaßte, an den untersten Theil des senkrechten Kreuzstammes, unterhalb der zur Stütze seiner Füße bestimmten Leiste fest, und andrer Seits an die beiden Enden der Querhölzer, welche die Arme des Kreuzes bildeten, so daß dieß Netz einem kegelförmig umgekehrten Beutel glich. Von der Mitte des obern äussersten Theiles des so befestigten Netzes lief ein starkes Seil hervor, welches so, daß ein zweites Seil von derselben Stärke durch das eine Ende mit dem vereinigenden Punkte der beiden das Kreuz bildenden Querhölzer verbunden, sich alle beide mittelst des andern Endes wieder vereinigten, und sehr stark an einen im Innern des Zimmers befindlichen Balkens über dem mit einer sehr niedrigen Brustlehne versehenen Fenster befestiget waren. Die Länge dieser beiden Seile war hinreichend, daß das Kreuz horizontal auf dem Boden des Zimmers ruhte.

Nachdem diese grausamen Vorbereitungen beendigt waren, krönte sich Mathieu Lovat mit Dornen, von denen drei oder vier durch die die Stirn bedeckende Haut drangen. Mit einem weissen mit Faden an seinen Hüften und Schenkeln befestigten Taschentuche, bedekte er die Gegend, welche ehemals jene Theile einnahmen, deren er sich beraubt hatte; hierauf, entblößt am ganzen übrigen Körper, seine Schenkel zwischen dem Netze und dem Kreuze, auf dem er sich sitzend erhielt, nahm er einen der für die Hände bestimmten sehr glatten und

spitzi=

spitzigen Nagel, und stach ihn sich mitten durch die innere Fläche der rechten Hand, indem er sie nach dem Kopfe des Nagels zu so lange stieß, bis dieser dadurch über die Hälfte aus dem Rücken der Hand hervorragte. Endlich legte er seine Füße über die zur Aufnahme derselben verfertigte Querleiste, den rechten über den linken. Durch den Rücken des obersten schlug er die Spitze eines ebenfalls glatten und gut zugespitzten funfzehn Zoll und fünf Linien Pariser Maas langen Nagels, und sobald seine linke Hand den Nagel in die verticale Richtung gebracht hatte, durchbohrt er sie mittelst der Schläge eines Hammers, den er in der rechten Hand hielt, bis er durch beide Füße bis in das Loch gedrungen war, womit er die Leiste versehen hatte. Das durchbohrende Eisen war hinlänglich durchgegangen, um daselbst fest genug zu halten. Hierauf war er darauf bedacht — nachdem er den dritten Nagel durch seine linke Hand geschlagen, was er durch die rechte bewerkstelligte, und sobald er sich mittelst eines Strickes, den er vorräthig und zu unterst ausgebreitet, über der Mitte seines Körpers fest an des Kreuzes Stamm angebunden hatte — sich in der Seite mit einem Kneif (Couteau de Cordonnier), den er zu dieser Operation zu sich genommen hatte, eine Wunde beizubringen. Allein er war in dem Augenblicke, als er sie sich beibrachte, nicht bei sich, um zu begreifen, daß die Wunde die rechte und nicht die linke Seite treffen und zwar in die Brusthöle, und nicht in den Unterleib dringen müsse. Er verwundete sich schräg zwei Zoll unter dem linken Hypochondrium gegen den innern Winkel der Bauchhöle zu, doch ohne die in derselben enthaltenen Theile zu verletzen. War es Furcht, oder hatte er die Intention gehabt das Instrument recht tief einzustoßen, indem er die harten widerstehenden Theile vermied, oder bemerkte er in der Nähe der Wunden mehrere Querritze, — er hatte kaum die Haut geritzt. Meine Meinung ist, daß er sie sich beibrachte, indem er mit der Spitze eine Stelle aufsuchte, welche keinen Widerstand dem Instrumente darbot, das für Mathieu Lovat bei dieser Gelegenheit die Stelle des Speers beim Leiden Christi vertreten sollte.

Nach Beendigung dieser blutigen Operationen, war es zur vollkommenen Vollziehung des gefaßten Vorsatzes nöthig, daß Mathieu Lovat vor den Augen des Publikums sich gekreuzigt zeige. Man höre nun, wie er sich dabei benahm: das Kreuz ruhte horizontal mit dem Fußboden, sein unterstes Ende am Erker auf der Brustlehne des Fensters, das ich schon mehrere Male als sehr niedrig schilderte. Indem er sich auf den Rücken der ersten Fingerglieder einer jeden Hand stark aufstützte (die Nägel, die sie durch und durch durchbohrten, hinderten ihn daran sich auf die offene oder zugemachte Hand zu stützen), richtete er sich zu verschiedenen Malen auf und hob somit das Kreuz und seinen Körper, der daran fest gemacht war; jeder Schwung trieb einen größern Theil des Kreuzes vor das Fenster

hinaus

hinaus weiter fort, bis es aussen an den Erker gelangte und durch seine Schwere den noch darinnen befindlichen Theil herabzog. Der Gekreuzigte schurrte nun vor das Fenster, unter welchem sie zusammen mittelst zweier Stricke hangend erhalten wurden, von denen wir sagten, daß sie durch das eine Ende höher gehalten würden, das eine am obern Ende des Netzes, das andere queer ums Kreuz und alle beide durch das andere Ende an dem im Innern der Stube befindlichen Balken. In diesem Zustande hob Mathieu Lovat seine beiden Arme in die Höhe und ein wenig nach hinten, um sie gegen die seine Hande durchstechenden Nägel und gegen die an beiden Enden des Queerholzes am Kreuze vorher gemachten Löcher zu führen. Allein entweder, daß es ihm unmöglich wurde daselbst seine beiden Hände überein zu befestigen, oder daß er sich genöthigt fand sich der rechten Hand zu einer der letzten Verrichtungen zu bedienen, kurz es ist faktisch richtig, daß, sobald er von den die Straße passirenden Leuten bemerkt wurde, man ihn an das Kreuz befestiget unter dem Fenster hängend, nur mit der linken Hand dergestalt angenagelt sah, daß die rechte Hand sammt dem Arme dem Körper entlang und ausserhalb dem Netze herabhieng. Es war damals früh acht Uhr. — Sobald man ihn sah, eilten dienstfertige Leute ihn vom Kreuze loszumachen und brachten ihn in sein Bett. Ein in der Nähe befindlicher Wundarzt wurde gerufen. Er ließ ihm beide Füße ins Wasser setzen, brachte Werg anstatt der Charpie in die Wunden des Hypochondriums, von der er gleich vorher sagte, daß sie nicht bis in die Bauchhöle dringe, und gieng dann, nachdem er ihm etwas Herzstärkendes verschrieben, weg.

Zufälligerweise befand ich mich in dem Augenblicke in der Nähe, wohin einige auf mein Geschäft Bezug habende Personen mich hatten rufen lassen; und sobald ich davon, was sich eben zugetragen hatte, sprechen hörte, begab ich mich an Ort und Stelle, um die Wahrheit einer ausserordentlichen That zu bestätigen, von welcher die einzelnen Umstände mir unglaublich schienen. Als ich in Mathieu Lovat's Stube mit dem mich begleitenden Wundarzte Paganoni angekommen war, sah ich ihn wirklich so verwundet, als ich es eben beschrieb; er hatte die Füße noch im Wasser, in welchem er nur eine unbeträchtliche Menge Blut verloren hatte. Seine Augen waren geschlossen, er antwortete auf keine Frage; den Puls fand ich convulsivisch, das Athemholen behindert. Sein Zustand erforderte schleunige Hülfe. In der Folge ließ ich den Verwundeten mit Genehmigung des Policeidirectors vom Canal regio, der anwesend war, um sich von dem Vorgange zu überzeugen, zu Wasser in die meiner Leitung anvertraute, im Hospital de Saint Giovanni e Paolo, etablirte kaiserliche klinische Schule bringen. Während der Ueberfahrt sagte er zu seinem Bruder Angelo, der ihn in die Barke begleitete und über sein Vergehen klagte, weiter nichts, als die Worte: Ach! ich bin sehr unglücklich! Als er ins Hospital gebracht war, bestätigte eine neue Untersuchung der Wunden alles, wie ich es erzählt habe. Man überzeugte sich vollkommen, daß die in den Händen steckenden Nägel durch die hohle Hand gedrungen und am Rücken derselben zwischen den Knochen der Mittelhand, ohne jene zu verletzen, wieder herausgegangen waren, daß der Nagel, welcher die Füße verwundet hatte, zunächst den rechten zwischen dem zweiten und dritten Mittelfußknochen nach ihren hintersten Enden zu, durchbohrt hatte, sodann den linken zwischen dem ersten und zweiten derselben Knochen, letzterer sobald er durch den nämlichen Nagel gestreift und verletzt war; daß die Wunde des Hypochondriums bis an den Punkt der Höle drang, welche ich oben bestimmte; und dieß war die Schilderung, welche ich davon den obrigkeitlichen Behörden zustellte.

Die Wunde des Hypochondriums wurde durch die Methode der geschwinden Vereinigung behandelt, ohne unsre Zuflucht zur Bauchnath nehmen zu müssen. Ich fand es hinreichend dem Verwundeten eine zweckmäßige Lage zu geben, der späterhin täglich ruhiger wurde und alles, was ich ihm vorschrieb, mit der größten Folgsamkeit that.

Die Wunden seiner Gliedmaßen behandelte man, wie es die äusserste Empfindlichkeit der verletzten Theile erforderte,

derte, mit erweichenden, schmerzstillenden Mitteln. In der Folge wandt' ich weiter nichts, als ein wenig ganz frisches Oel von süßen Mandeln und einen ganz einfach bereiteten Breiumschlag aus Brodkrume und Milch an, welchen ich um die Fuße, einen großen Theil der Schenkel, um die Hände und fast die Hälfte der Vorderarme legen und täglich mehrere Male erneuern ließ.

Einige Unzen von der Mixtura cardiaca opiata nach und nach genommen, und eine sehr schwache Limonade, waren die einzigen Mittel, die ich ihm innerlich in den ersten 6 Tagen nehmen ließ. Die Diät war, selbst während der ersten Tage, nicht sehr streng; und ein unbedeutendes Aufschwellen des Unterleibes, das bald trokenen Bähungen wich, abgerechnet, kam kein auch nur einigermaßen bedeutender Zufall während des ganzen Verlaufs der Krankheit hinzu: am fünften Tage eiterten die Wunden an den Gliedmaßen mit ein wenig Röthe an den Rändern und am achten Tage hatte sich die im Hypochondrium völlig geschlossen. Der Kranke sprach mit niemanden. Immer düster und in sich gekehrt, waren seine Augen fast stets geschlossen. Mehrere Male frug ich ihn um die Ursache seiner Kreuzigung, und jedesmal gab er mir zur Antwort: der Stolz der Menschen müsse gezüchtiget werden und am Kreuze endigen.

Besorgt, er thue sich, der Anwesenheit meiner Schüler wegen, Zwang an, that ich ganz allein wiederholt jene

jene Frage an ihn, erhielt aber immer dieselbe Antwort. Er hatte sich dermaßen überredet, daß der Wille des Höchsten ihm die Verbindlichkeit am Kreuze zu sterben auferlegt hätte, daß er die Gerichtsbehörde von der Bestimmung unterrichten wollte, die er zu erfüllen habe, und dem Verdacht zuvorkommen, daß sein Tod das Werk eines andern, als seiner selbst seyn könne. In dieser Ansicht und lange vor seinem Märtyrertod schrieb er seine Gedanken auf einen Zettel nieder, den ich noch aufbewahre. Er ist von ihm eigenhändig geschrieben in einem Style und mit Buchstaben, wie man sie bei seiner literärischen Erziehung und der Verwirrung seines Kopfes sich denken kann. In den ersten Tagen klagte er über gar keinen Schmerz. Aber am Morgen des achten, als ich ihn fragte, ob er in der Nacht geschlafen habe, verneinte er es; er habe dagegen in der linken Hand und in beiden Füßen die heftigsten Schmerzen empfunden und leide noch sehr daran. Ich that noch andre Fragen an ihn, die er ganz gescheut beantwortete.

Am folgenden Tage war er wieder in seine Phantasieen zurückgefallen, so daß ich Mühe hatte ein Ja auf die Frage, ob er die Nacht geschlafen habe, und ob seine Schmerzen vorüber wären, zu erhalten.

Ich beobachtete beständig und machte auch meine Schüler darauf aufmerksam, daß, sobald der Kranke besonnene, helle Zwischenräume hatte, er die Stellen, wo

er

er verwundet gewesen war, untersuchte, ob sie gleich schon geheilt waren, er auch die mehrern oder mindern heftigen Schmerzen, nach Maasgabe der afficirten Theile, empfand. Dieß waren die Augenblicke, welche ich dazu benutzte, um von ihm jene Aufschlüsse über seine Kreuzigung herauszubringen, wie Sie sie eben gelesen haben.

Kaum waren seine Hände im Stande ein Pfund an Gewicht zu halten, als er sein Gebetbuch zur Hand nahm und den ganzen Tag darinnen las. In den ersten Tagen des Augusts fand man alle seine Wunden vollkommen geheilt, ohne daß es ihm im mindesten schwer wurde seine Füße und Hände zu bewegen, und ohne die geringste schmerzhafte Empfindung beim Bewegen derselben, wollte er das Hospital verlassen, um, wie er sagte, kein Brod zu essen, ohne etwas dafür zu thun. Als ihm das Ausgehen verboten ward, brachte er einen ganzen Tag, ohne etwas zu sich zu nehmen, zu; und als er sah, daß man ihm seine Kleider vorenthielt, lief er an einem Nachmittage aus dem Hospitale im Hemde davon; allein er wurde durch die Krankenwärter aufgefangen. Die General-Policeidirection, von der Heilung der Wunden dieses Unglücklichen unterrichtet, verordnete weislich: ihn in das Hospital für Wahnsinnige zu Saint Servolo zu schaffen.

Die Schnelligkeit und der Erfolg der Heilung dieses Menschen, selbst seine Beharrlichkeit mit dem Vorhaben sich zu kreuzigen zu vereinigen und seine Standhaftigkeit es selbst zu vollziehen, konnten nur schlechterdings in dem Zustande von Verrücktheit statt finden, in welchen er tief versunken war. Sie wissen, mein werther und gelehrter Freund, daß Wahnsinnige sehr unempfindlich, sehr reizlos werden, was der Fall ist, sobald ihr Geist immer nur auf eine, oder nur auf eine kleine Anzahl Ideen beschränkt, von keinen andern Eindrücken, die er von andern Gegenständen erhalten könnte, gerührt wird; in der Folge von der Unvollkommenheit ihrer Nerven; und endlich, wenn ich mich so ausdrücken darf, von einem Fehler der Nervenflüssigkeit, welche in ihnen circuliren sollte. Dieß ohngefähr ist die Meinung fast aller Physiologen über diesen Gegenstand, selbst ohne den scharfsichtigen Darwin auszunehmen, der ihnen die unverklärbare Standhaftigkeit zuschreibt, mit welchen diese große Anzahl Märtyrer aller verfolgten Religionen die Martern und Qualen überwunden haben, dem zufolge ihre Empfindungsfähigkeit nur für die Betrachtung der ihnen versprochenen himmlischen Güter *) verwendet wurde. Ausserdem schien mir Mathieu Lovat mit dem Pellagra behaftet zu seyn. Ich bin es überzeugt, daß dieß in der That der Fall war; und daß man dieser Krankheit den größten Theil seiner Fühllosigkeit zuschreiben muß. Man weiß, daß die damit Behafteten die Anwendung der Brenncylinder und andere Qualen, denen man sie unterzog, um sie aus ihrem schlafsüchtigen Zustande herauszureissen, mit Gleichgültigkeit ertrugen.

Es

*) Darwin Maladies de Volition Sec. XXXIV.

Es ist endlich bekannt, wie ich schon oben bemerkte, daß jedesmal wenn dieser Mensch jene eingewurzelte Idee von sich verscheuchen konnte, und vernünftig sprach, er für Schmerzen Empfindung zeigte. Hieraus kann man schließen, daß in diesem Augenblicke das Nervensystem die ihm eigenen Funktionen verrichtete, und daß es dem Hirn alle in seinen kleinsten Theilen empfangenen Eindrücke zuführte.

Daß Mathieu Lovat sich ums Leben bringen wollte, ist eben nichts wunderbares; aber viel ists, daß er die Verrücktheit hatte, sich, bevor er sich das Leben nehmen wollte, so grausam zu martern. Man weiß, daß alle Selbstmörder darauf bedacht sind, sich den möglichst schnellsten Tod zu bewerkstelligen, weil sie den Schmerz fürchten. Der Gedanke des Leidens muß dem Mathieu Lovat, unmittelbar nach jenem der Kreuzigung, nicht in den Sinn gekommen seyn, oder er mag geglaubt haben, sich vor seinem Tode zum wirklichen Märtyrer machen zu müssen.

Mathieu Lovats Geschichte würde unvollständig seyn, mein theurer Freund, wenn ich Sie nicht auch mit einem Briefe bekannt machen wollte, den R. P. Louis Portalupi, Ordensgeistlicher vom Orden des heiligen Johannes, Gottes, berühmter Arzt und geschickter Wundarzt des Hospitals von Saint Servolo, die Güte hatte an mich zu der Zeit zu schreiben, als er sich daselbst aufhielt, welcher, seiner Kürze ohngeachtet, Sie mit allen auf diesen sonderbaren Wahnsinnigen Bezug habenden Details, bis zum Augenblick seines Todes, bekannt machen wird. Hier haben Sie die treue Copie:

„Mathieu Lovat, genannt Casale, war, als man ihn in das Hospital der Wahnsinnigen zu St. Servolo am 20sten August 1805 gebracht hatte, die ersten acht Tage hindurch ruhig und folgsam, nachdem aber wurde er in sich gekehrt, und fieng an jede Art von Speise und Trank zu verweigern. Gewalt und Ueberredung wurden vergeblich angewendet: es war sechs Tage nacheinander unmöglich ihn dazu zu bringen, auch nur einen Tropfen Wasser herunterzuschlucken. Während dieses Zwischenraumes nahm man seine Zuflucht zu ernährenden Klystieren, gegen welche er keinen Abscheu bezeigte. Am siebenden Tage gegen Morgen gewann er es über sich, indem ihm ein anderer Wahnsinniger es aufdrang, etwas Nahrung zu sich zu nehmen. Er fuhr nun fort ohngefähr funfzehn Tage hindurch zu essen, nach welchen er wieder zu fasten anfieng und seine Enthaltsamkeit bis zum eilften Tag fortsetzte *). Die nährenden Klystiere wurden wieder

*) Ein, selbst viele Wochen anhaltendes, Fasten in Krankheiten ist keine so große Seltenheit, als ein eine große Reihe von Tagen hindurch statt findendes Enthalten aller Nahrungsmittel in gesunden Tagen, von welcher Art ich im 3ten St. des Rathgebers für alle Stände, herausgegeb. von D. Collen-

der von neuem angewandt; aber man konnte nur von einem täglich Gebrauch machen. Während des Verlaufs dieser eilf Tage bemerkte er keine Ausleerung des Unterleibes, ein einziges Mal ließ er ohngefähr zwei Pfund Urin. Mitten im Gange dieser Unordnung der ganzen thierischen Einrichtung des Körpers schien seine Natur ganz und gar nicht gelitten zu haben; Kräfte und äusseres Aussehen waren, wie vorher.

Diese strengen Fasten wurden zu verschiedenen Malen mit demselben Erfolge wiederholt, und mehr, oder weniger verlängert, ohne daß indeß die längsten über den zwölften Tag dauerten.

Im Januar 1806 zeigten sich an ihm Symptome der Schwindsucht. Sehr kleiner Puls, Abnahme der Kräfte, trokne Zunge 2c., binnen sieben Tagen aber wich sie stärkenden Mitteln, die man ihm nehmen ließ. Gegen die Mitte des Februars bemerkte man, daß ihm das Gesicht geschwoll, der Harn sparsam abgieng; daß er zuweilen Husten mit eitrigem Auswurf bekam. Man wandte die nach Umständen angezeigten Mittel an; er schien wieder hergestellt und während dem ganzen Monat März bemerk-

Collenbusch. Gotha 1799. S. 155—161 einen merkwürdigen Fall unter der Aufschrift bekannt machte: „Neuer Beweiß, daß Menschen zehn Tage lang ohne alle Nahrung leben können."

S.

bemerkte man kein Zeichen einer Brustkrankheit mehr. Man beobachtete an ihm eine eigene Art von Wahnsinn: die nämlich, wo der Kranke unbeweglich sich den brennendsten Sonnenstralen aussetzt *), so lange,

*) Dieß verrieth wohl weniger eine besondere Art einer Manie, als vielmehr das sicherste Kennzeichen des dumpfen Wahnsinns, der Melancholia attonita, in welchem die Unthätigkeit des Nervensystems den höchsten Grad erreicht hat, der Kranke gewöhnlich, wie eine Bildsäule, unbeweglich ist, auf einer Stelle steht, oder sitzt, weder Speise, noch Trank begehrt, oder diese, wenn man sie ihm bringt, ohne Besonnenheit verschlingt rc. Nach Thom Barnes Ideen über die willkührliche Gewalt, welche unsre Seele über die Sensationen ausüben soll (in Memoires of literary and philosophical Society of Manchester. Vol. II.) vermindern religiöse Ueberzeugungen und Gefühle, die zuweilen in Enthusiasmus und Schwärmerei ausarten, die Empfindsamkeit in hohem Grade, zumal bei Uebeln und Martern, welche man um der Religion willen zu dulden glaubt. — Ueberhaupt scheint die Empfindsamkeit der Nerven in dem Zustande des Wahnsinns zuweilen ganz aufzuhören. Daher die Wahnsinnigen oft gegen alle Verletzungen fühllos sind, und das Gefühl des Hungers, der Kälte und Hitze bei ihnen auf eine Zeitlang unterdrükt bleibt.

Starke Einwirkung der Sonnenstralen, besonders auf den Kopf, bewirkt, nach Umständen, bald 1) gefährliche ja tödtliche, bald 2) wohlthätige Folgen. Dort, bei 1), entsteht leicht eine übermäßig vermehrte Hirnthätigkeit, unter dem Namen des Sonnenstichs bekannt. Die erst auf den höchsten Grad gestiegene Empfindlichkeit geht meistens in gänzlichen Verlust derselben über. Die Sonnenstralen äussern an hellen und solchen Tagen, wo die Sonne mit mehr Freiheit und Stärke und länger auf unsre Athmosphäre wirken kann, ihren Einfluß auf das lange, bis die Oberhaut des Gesichts sich abschiefert; man mußte einige Male Gewalt brauchen ihn in den Schatten zu ziehen.

Am

das Sensorium weit stärker, als unter entgegengesetzten Umständen. So bemerkte Chiarugi (della Pazzia in genere e in spezie, trattato medico-analitico, con una Centuria di Osservazioni, di Vincenzo Chiarugi, D. M. Profess. di Med. e chirurg. vel Regio Spedale di Bonifacio. Fiorenz. 1793—94.) zu Florenz, daß zu der Zeit der Erndte und in einer beständigen Jahreszeit (wie es im Anfange des Herbstes im J. 1791 u. 1793 der Fall war) die Bauern weit mehr, als alle andere Stände dem Wahnsinn unterworfen waren, dergleichen Fälle er in der 55sten und 84sten seiner Beobb. näher beschreibt. — Ungewöhnlich wohlthätige Folgen der stark-einwirkenden Sonnenstralen (so wie man sie nicht selten von der Anwendung der Brenncylinder rc. beim dumpfen Wahnsinn, bei der Gefühllosigkeit und dem Stumpfsinn rc. beobachten kann) wollen die Benedictiner-Mönche im Kloster Ossiach (Ozziak) in (dem von mir durchreisten *) Oberkärnthen von krystallenen Kugeln von der Größe einer Pomeranze — die ihnen die H. Mutter Maria im J. 1300 während der Messe auf den Altar legte — gesehen haben. Sie gebrauchten diese Kugeln bei Besessenen, Rasenden, Tauben, Stummen, Blinden und bei heftigen Hauptschmerzen. Beim Sonnenschein mußten die Kranken vor der Kirche in einem Sessel sitzen, an den sie angebunden wurden. Ein Priester nahm eine dieser Kugeln, hielt sie gegen die Sonne, und brannte den

Sitzen-

*) S. Reise durch das mittägliche Deutschland und einen Theil von Italien von J. H. G. Schlegel. Mit Kupfern. Zweite vermehrte Auflage. Gießen u. Wetzlar bei Tasché u. Müller 1807. 436 S. in 8.

S.

Am zweiten April befand er sich übel; die Geschwulst im Gesicht und an den Gliedmaßen kehrte zurück; er wurde von häufigem Husten mit eitrigem Auswurfe angegriffen, der aber den sechsten Tag verschwand. In diesem Zeitraume bemerkte man nun empfindliches Rasseln auf der Brust, der Puls sank gänzlich .... mit einem Wort am Morgen des achten Tages gab er, nach einem kurzen Todeskampfe, seinen Geist auf."

Sollten Ihnen noch einige Zweifel über die Ihnen von mir eben mitgetheilten einzelnen Umstände von Mathieu Lovats Kreuzigung übrig bleiben, so schreiben Sie es einzig und allein der mangelnden Klarheit meiner Darstellung zu. Die ungewöhnlichsten dieser Thatsachen sind authentisch und stützen sich auf zahlreiche und unverwerfliche Zeugnisse. Es wird hinreichend seyn Ihnen nur das des Herrn Raths und Doctors Jean Piccioli und des Herrn Doctors Francois Aglietti, Professors der medicinischen Klinik, anzuführen. Aber was sprech' ich von Zweifeln? Nein: Sie werden, so wie ich, überzeugt seyn, daß man Mathieu Lovats Wahnsinn ganz von der Gattung Manie ableiten kann, wo der Kranke

Sitzenden, bis er zu schreien anfieng, und dann sey er seiner Krankheit entledigt gewesen. Nur die, welche dem Bacchus oder der Venus opferten, bekamen Rückfälle. Die Einfassung der Kirchthür enthält eine auf die Heilkräfte jener Kugeln sich beziehende lateinische Inschrift.

Kranke stets eine einzige fixe Idee, höchstens nur für sehr wenige Gegenstände Sinn hat und von Kühnheit in den Unternehmungen des Willens begleitet wird, welche Mich. Ettmüller (Collegium. practic. et medico-chirurg. Franc. 1708. fol.) mit Delirium melancholicum, Capivaccio *) mit der Benennung „Mania cum studio" bezeichnete **).

Ich bin ꝛc. ꝛc.

Venedig den 30sten
May 1806.

*) Hieron. Capivaccii opera omnia. Franc. 1603. Fol. p. 29.

**) Die Art Narrheit, wo die Narren nur in einem Punkt verrükt sind, nennt Erhard Moria melancholica. Bei Männern ist der Punkt, um den sich die Narrheit größtentheils dreht, mehr Stolz, als Liebe.

S.

Editionsnotiz

Neben der in diesem Buch als Faksimile reproduzierten deutschen Übersetzung der Schrift von Cesare Ruggieri konnten noch weitere Ausgaben des Textes ermittelt werden:

Storia della crocifissione di Matteo Lovat da se stesso eseguita, communicata in lettera da Cesare Ruggieri ad un medico suo amigo.
In: Amoretti, Carlo: Nuova scelta d'opuscoli interessanti sulle scienze e sulle arti'tratti dagli atti delle accademic, e dalle altre collezioni filosofiche e letterarie, dalle opere più recenti inglesi, tedesche, francesi, latine, e italiane, e da manoscritti, originali, e inediti.
Milano 1804–1807.

Histoire du cruciefiement éxécuté sur sa propre personne par Mathieu Lovat, communiqué au public dans une lettre de Cesar Ruggieri à un médecin son ami.
Venise 1806. 24 S., 2 Abb.

Narrative of the crucifixion of Matthew Lovat, executed by his own hands, at Venice in the month of July, 1805. Originally communicated to the public by Cesar Ruggieri. Now first translated into English.
In: The Pamphleteer.
London 1814. Bd. 3, S. 361–375.

Storia della crocifissione di Matteo Lovat da se stesso eseguita, communicata in lettera da Cesare Ruggieri ad un medico suo amigo.
Venezia: Fracasso 1814. 20 S., 2 Abb.

Matheo von Casale. 1805. (Bearbeitete Fassung!)
In: Der neue Pitaval. Eine Sammlung der interessantesten Criminalgeschichten aller Länder aus älterer und neuerer Zeit. Herausgegeben vom Criminaldirektor Dr. J. E. Hitzig und Dr. W. Häring (W. Alexis). Sechster Theil. Mit einer lithographirten Tafel.
Leipzig: F. A. Brockhaus 1844. S. 283–295.

Die Selbstkreuzigung von Matteo Lovat.
Bamberg 1914. 47 S.
(= Volksschriften zur Umwälzung der Geister, Heft 111)

splitter

Herausgegeben von Michael Farin

Band 1
Leopold von Sacher-Masoch
Souvenirs
Autobiographische Prosa

Band 2
Aleister Crowley
Gilles de Rais
The banned lecture

Band 3
Cesare Ruggieri
Selbstkreuzigung
Der Fall Matteo Lovat

Band 4
Joris-Karl Huysmans
Magie im Poitou
Gilles de Rais

Band 5
Jules Janin
Der Marquis von Sade
und andere Anschuldigungen

edition belleville
Amalienstr. 32 8000 München 40